Para Carys,

por dar un paso...

Título original: *Little One Step*

© de la edición original: Walker Books Ltd, 2003

© de las ilustraciones y los textos: Simon James, 2003

© de la traducción al castellano: Chema Heras y Pilar Martínez, 2006

© de esta edición:

Faktoría K de Libros

Urzáiz, 125 bajo - 36205 Vigo

D.L.: PO-426-05

I.S.B.N.: 84-9346-410-4

SIMON JAMES

un... paso

Pasito

FAKTORIA K DE LIBROS

—¡Estamos perdidos! —dijo el pato mayor.

—No podemos estar muy lejos —dijo el pato mediano.

—¡Quiero ir con mamá! —dijo el pato pequeño.

—¡Tengo las patas muy cansadas!

—¡Tengo una idea! —exclamó el pato mayor—.

¿Quieres jugar al paso a paso?

—¿Eso qué es? —preguntó el pato pequeño.

—Fíjate bien —le dijo
su hermano—.
Levanta una pata así...

...y di un.

—Un —repitió el pato pequeño.

—Apóyala en el suelo y di paso.

—Paso —dijo el pato pequeño.

—Ahora vuelve a empezar
con la otra pata.

—¡Voy a practicar un poco!

—¡Un... paso! ¡Un... paso!

—¡Ya lo haces muy bien! —le dijo su hermano mayor.

—De ahora en adelante te llamaremos Pasito —dijo

el hermano mediano.

un... paso

un... paso

un... paso

—Un... paso, un... paso... —siguió diciendo; hasta que...

...miró hacia arriba y vio que los árboles eran altísimos.

—¡Esto no me gusta nada! —protestó—.

¡Se me cansan las patas!

—¿Ya te has olvidado del paso a paso? —le preguntó
su hermano mayor.

—Pues creo que sí.

Voy a intentarlo otra vez.
Un...

...paso.
¡Ya está! —dijo.

un... paso

Y luego siguió:

—Un... paso, un ... paso, un... paso...

Por fin salieron del bosque
y vieron el río a lo lejos.
—Si atajamos por estos campos
llegaremos en seguida a casa —dijo
el pato mediano.

—¡Estoy muy cansado! —se quejó Pasito—.

¡Quiero ir con mamá!

—¡Ya falta poco! —le animó el mayor—.

¡Venga! ¡Sigue con el paso a paso!

—Un... paso, un... paso,...

un... paso —empezó otra vez.

Pasito atravesó un prado...

adelantó a sus hermanos...

se metió entre los arbustos...

llegó a un claro y...

—¡Mamá! ¡Eres tú! —gritó Pasito.

—¡Mi pequeño! —dijo la mamá.

—¡Hijos míos!

—¡Hola, mamá! —dijeron los hermanos—.

¡Por fin te encontramos!

Pasito los llevó a todos hasta el río.

Al llegar a la orilla se paró.

—Mamá, ¿sabes cómo me llamo ahora?

un... paso

—Me llamo Pasito.

Y dando un pasito se metió en el agua.

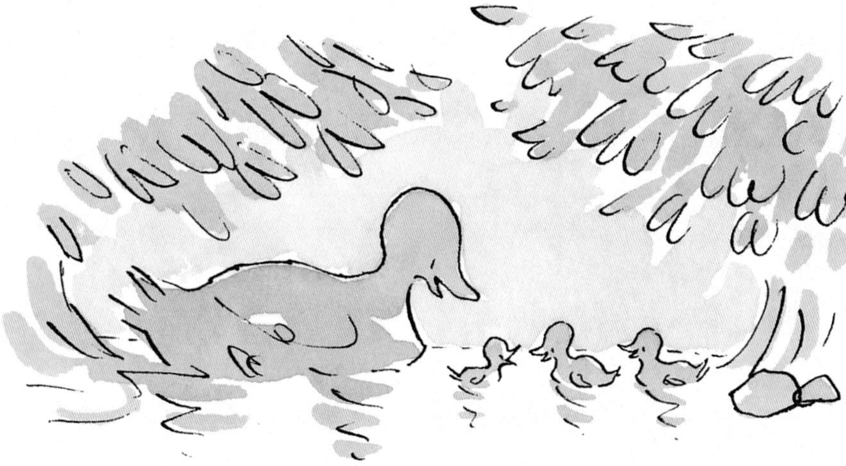